Lista para segundo grado, Ámbar Dorado

PAULA DANZIGER

Ilustraciones de **Tony Ross**

ALFAGUARA
INFANTIL

Muchas gracias a Sheryl Hardin y sus "cerebritos"
de la Gullett Elementary School 2000-2001
Paula Danziger

Título original: *Get Ready for Second Grade, Amber Brown*
© Del texto: 2002, Paula Danziger
© De las ilustraciones: 2002, Tony Ross
Todos los derechos reservados.
Publicado en español con la autorización de G.P. Putnam's Sons, una división
de Penguin Young Readers Group (USA), Inc.

© De esta edición:
2007, Santillana USA Publishing Company, Inc.
2023 NW 84th Avenue
Miami, FL 33122, USA
www.santillanausa.com

Traducción: Enrique Mercado
Edición: Isabel Mendoza

Alfaguara es un sello editorial del **Grupo Santillana**. Éstas son sus sedes:

ARGENTINA, BOLIVIA, CHILE, COLOMBIA, COSTA RICA, ECUADOR, EL SALVADOR,
ESPAÑA, ESTADOS UNIDOS, GUATEMALA, MÉXICO, PANAMÁ, PARAGUAY, PERÚ,
PUERTO RICO, REPÚBLICA DOMINICANA, URUGUAY Y VENEZUELA.

Lista para segundo grado, Ámbar Dorado
ISBN 10: 1-59820-593-5
ISBN 13: 978-1-59820-593-0

Impreso en Colombia por D'vinni S.A.

12 11 10   2 3 4 5 6 7 8 9 10

Para los Salwen:
Peter, Peggy, James y William,
con amor

P.D

Para Laura

T.R

La buena noticia es que yo, Ámbar Dorado,
voy a entrar a segundo grado.
La mala es que la Sra. Wilson,
la maestra de segundo grado,
se fue hace dos semanas.
Su esposo cambió de trabajo y se mudaron.
Todos los que fueron sus alumnos
ADORABAN a la Sra. Wilson
y decían que era muy buena maestra.
Ella me sonreía en el pasillo.

Ahora tendremos una nueva maestra.

No la conozco.

Ella no me conoce.

¿Y si no le caigo bien?

Mejor no pienso en eso.

Dentro de sólo una hora sabré

quién es la nueva maestra de segundo grado.

Por lo pronto, me preparo para la escuela.
En mi cama están todos mis útiles:
bolígrafos y lápices nuevos, un cuaderno nuevo
y mi bolígrafo de la suerte con plumas moradas.

Abro mi nueva mochila de osito.

Me la mandó mi tía Paz.

Dijo que era "un regalo para disfrutar

del segundo grado".

Le puse "Poko".

Su nombre completo es Poko Dorado,

porque es un "poco dorado"

y está "poco listo" para segundo grado.

Igual que yo.

Meto todo en mi mochila y la cierro.

—Poko —le digo—, eres muy especial.
Todos te van a querer, menos Ana Burton.
Pero no te preocupes. Ella es mala con
muchas personas, especialmente conmigo.

—¡Ámbar! —mi mamá me llama desde abajo—.

¡Ya es hora de desayunar!

Cargo a Poko y me miro en el espejo.

Tengo ropa nueva.

Tengo una costra en la rodilla.

Está a punto de caerse.

Le puse "Costrita".

Poko, Costrita y yo estamos listos.

¡Segundo grado, allá vamos!

Ahora, el desayuno.

Mamá y Papá desayunan conmigo.

—Te ves muy bonita —me dice mi papá.

Le sonrío.

—...y muy inteligente —continúa—.

Todos van a querer que seas su mejor amiga.

Mamá me pone enfrente un tazón de cereal.

—Sé que va a ser
un gran año para ti —me dice.
Yo, Ámbar Dorado, sé
que dicen eso
porque son mis papás.

Terminamos de desayunar.

Tocan a la puerta.

Es Justo, mi mejor amigo y vecino.

Trae su nueva mochila de Roboman.

Mi papá nos lleva a Justo y a mí a la escuela.

Justo dice: —Este año voy a contar chistes
sobre pollos.

Yo sólo lo miro.

—¿Adónde van los pollos

que cruzan el patio de recreo? —pregunta.

Me quedo pensando.

—¿Al salón de segundo grado?

Justo hace un gesto.

—No, tonta. A subirse a otro tobogán.

Mi papá se ríe y yo también.

Bajamos del auto y entramos al patio.
Aquí se reúnen los de segundo grado
antes de las clases.
Jaime Russell y Roberto Clifford
se pelean en el suelo
con su ropa nueva.

Vicente Simmons nos enseña a todos
un tatuaje de serpiente que se puso en el brazo.
Aunque dice que es de verdad,
yo sé que no lo es.

Me meto un dedo en la boca para mojarlo.

Le pido a Vicente que me deje ver su tatuaje.

Lo toco con mi dedo mojado.

Se borra una parte.

No digo nada, pero yo, Ámbar Dorado,

sé que ese tatuaje no estará

en el brazo de Vicente para siempre.

Vicente sabe que lo sé.

Me saca la lengua.

Gregorio Bronson y Fredi Romano
se enseñan los trucos
que aprendieron en el verano.
Gregorio puede silbar parado de manos.
Fredi puede recitar las capitales de quince
estados y hacer "música" con la axila
al mismo tiempo.

Las niñas hablan de la nueva maestra.

Alicia Sánchez dice que se llama "Luz".

—Dicen que preferiría dar clases
en secundaria —dice Alicia.

—Y que a los de segundo grado les dice
"mocosos" —añade Naomi Mayer.

Tifany Smith agarra fuerte a
su muñeca de la suerte.

—Tengo miedo —dice—. Quiero que
la señora Wilson regrese.

Ana Burton se une a nuestro grupo.

Se queda mirando mi mochila.

—¡Qué infantil, Ámbar! Una niña de segundo
grado no debe usar una mochila de bebé
con forma de oso.

No voy a dejar que Ana

arruine mi segundo grado.

Ignoro a Ana Burton.

Naomi y Alicia ponen sus mochilas de animales

junto a Poko y voltean a mirar a Ana.

Ella se encoge de hombros y murmura:

—Bebitas.

Mi grupo habla de la Srta. Luz
y las cosas que nos preocupan.
Yo no estaba tan preocupada antes de que
habláramos.
¿Y si nos pone siete horas de tareas?
¿Y si se enoja si coloreamos fuera de las líneas?

¿Y si no nos da permiso de ir al baño?

¿Y si es una extraterrestre?

Suena el timbre.

Es hora de conocer a la Srta. Luz.

Entramos en el salón 2.

La Srta. Luz nos espera en la puerta.

No se parece a ninguna maestra

que yo haya visto antes.

Parece una muchacha de secundaria

o una niñera.

Trae un vestido de tela de *jeans,*

con todo tipo de parches y prendedores:

autobuses escolares, bolígrafos, lápices,

pizarrones, tizas, libros, hojas…

Y trae aretes

en forma de bombillas…

que se encienden.

Pero, ¡claro! Ya entendí… Srta. Luz.

Con bombillas.

La Srta. Luz sonríe y nos dice
a cada uno al entrar
"Hola y bienvenidos".
Hasta saluda a Poko.
Empiezo a creer
que la Srta. Luz es fabulosa.

El salón está decorado.

Nos sentamos

donde está escrito nuestro nombre

en una bombilla de cartulina.

Me tocó sentarme con Federico Alden.
Espero que en el verano
haya dejado de meterse el dedo en la nariz.

También me tocó sentarme con Justo Daniels.

¡Hurra!

Y con Ana Burton.

¡Qué horror!

Ana ve mi nombre
en la bombilla de cartulina.
—Ámbar Dorado. ¡Qué nombrecito!
¡Uf! Tal vez ni siquiera sepas
que el ámbar es la savia de un árbol
al endurecerse.
A veces hay cosas
como arañas e insectos en el ámbar.
Sé que es cierto.
Mi mamá me regaló un libro sobre el ámbar
y mi papá, un dije de ámbar
con una mosquita adentro.
Ana me hace una mueca.
¡Es el colmo!

Yo le digo:

—Mira, Ana BULTO: ya basta.

Federico Alden dice:

—¡Ana Bulto!

Justo se pone a cantar:

—Venimos todos con Bulto…

La Srta. Luz se para frente a la clase.

—Bienvenidos a segundo grado —dice,
y nos sonríe—.

Éste va a ser un año muy emocionante.

Aprenderán muchas cosas nuevas
sobre el mundo y sobre sí mismos.

Y continúa: —Como ya saben, soy la Srta. Luz.

¿Saben qué significa la palabra "luz"?

Alzo rápido la mano.

Quiero ser la primera en contestar

una pregunta de segundo grado.

Todos alzan la mano.

La Srta. Luz escoge a Federico.

—La luz es un tipo de energía —dice él.

Federico Alden es muy inteligente.

La Srta. Luz lanza un rayo de alegría.

En su caso, sí que es un rayo de Luz.

La maestra dice: —Muy bien. La luz nos ayuda
a ver cosas. Casi toda nuestra luz viene del Sol.
Otra parte viene de la Luna.
Obtenemos luz de la electricidad
al apretar un interruptor.

Justo hace como que mete el dedo en un tomacorriente imaginario. "ZZZZZZZZZZing".

La Srta. Luz asiente con la cabeza.

—Eso de verdad puede ocurrir.

La electricidad puede ser muy poderosa.

—¡Guau! —decimos todos.

Ella me sonríe.

—Ámbar, ¿sabes qué tiene que ver

tu nombre con la palabra "electricidad"?

Niego con la cabeza.

Continúa: —La palabra "electricidad" viene
de la palabra "electrón". La electricidad
es una corriente de electrones. En griego,
"electrón" se dice…

Todos me miran.

—Ámbar —dice la Srta. Luz.

Eso me hace sonrojar.

Yo, Ámbar Dorado, me siento muy feliz.

Creo que ahora que sé sobre la electricidad,
puedo decir que estoy "cargada".

Volteo a mirar a Justo y le sonrío.

Él alza el pulgar.

—¡Eso estuvo bien!

Miro a Ana Burton.

Sonrío y la miro con los ojos bizcos.

La Srta. Luz continúa:

—Quiero que todos ustedes tengan
mucha energía para aprender y crecer.
Yo, la Srta. Luz, quiero ayudarlos
a brillar como estudiantes.

—En adelante —dice—, este grupo se va
a llamar "Luces brillantes".
Todos sonreímos.

Luego, la Srta. Luz nos da las reglas
que debemos seguir en segundo grado.
Seremos respetuosos.
Seremos puntuales.
Haremos nuestras tareas.

Después, la maestra toma un libro de su escritorio
y se sienta en su mecedora.

Empieza a leernos el libro.

Es un libro que sólo tiene texto. ¡Hurra!

Cuando termine este año,

yo, Ámbar Dorado, voy a poder

leer sola un libro con puro texto.

Y el próximo año, cuando entre a tercer grado,

les voy a decir a los nuevos de segundo

que no tengan miedo.

Yo, Ámbar Dorado,

ya estoy lista para segundo grado.